ـ الوداع يا (كاظم)..تمتع بأيامك هنا، وحاول أن تتذكر دائمًا الزهرة التي حطمتك، وألقت بك خلف القضبان.

وانصرفت في ثقة واعتداد، وهو يتابعها ببصره في انهيار كامل..

نعم.. لن ينسى أبدًا.

لن ينسى الزهرة التي هزمته..

الزهرة الماسية.

☆ ☆ ☆

- وبالمناسبة.. لم تكن سرقة المسدس ضمن خطتي، ولكنني عثرت عليه، فألهمني هذا باستغلاله.
ثم اعتدلت مستطردة:
- المهم أنني تسللت إلى مكتبك فجر اليوم التالي، من الباب الخلفي، الذي يحتاج إلى حارس خاص، ووضعت المسدس على مكتبك، ثم بحثت عن الخزانة السرية، وفتحتها بنفس المهارة، وأخذْت منها المخدَّر، ووضعته في حقيبة خلف الثلاجة.. وانتظرت.
تنهدَّت مرة أخرى، وتابعت:
- كنت أجهل شريكيك، كما سبق أن أخبرتك، ولكنني اعتمدت على تحطيم أعصابك تدريجيًا، بحيث تصل إلى الذروة، عندما اتصل بك، وأخبرك أنني سرقت المخدَّرات.. ولقد حدث ما توقعته تمامًا، فأسرعت أنت تتصل بشريكيك، الذين حضرا في ذعر وغضب، ودارت بينك وبينهما معركة، استخدمت فيها مسدسك، كما قدّرت أنا تمامًا، فقتلت أحدهما به، ثم تجاوزت أحلامي، وقتلت الثاني أيضًا..
فرفعت سبابتها وإبهامها، قبل أن تضيف:
- وهنا وصل رجال الشرطة، الذين اتصلت بهم، لتقع أنت في قبضة العدالة.
وابتسمت ابتسامة ساخرة، وهي تقول:
- ما رأيك في خطتي؟ !
ردَّد وهو يكاد يبكي أمامها:
- مستحيل!
قالت وهي تعدّل هندامها، استعدادًا للانصراف:
- لا يوجد مستحيل!.. إنه قصاص عادل كما ترى، ولكنه كلفني ثمن زهرتين ماسيتين، ومن حسن الحظ أنني التي صنعت الزهرة الماسية الأولى، التي كانت عند (هدير)، ولم يكن من العسير أن أصنع زهرتين أخريين.
ثم غمزت بعينها، مستطردة:
- وأصدقك القول، كانتا من الماس الصناعي.
وعندما تنهَّدت للمرة الثالثة، كانت تنهيدتها تحمل الكثير من الارتياح، الذي بدا واضحًا في صوتها، وهي تقول:
- معذرة يا (كاظم) بك.. سأضطر للانصراف، ولست أظننا سنلتقي مرة أخرى، فعندما تخرج من هنا، تكون قد بلغت السابعة والسبعين من عمرك، ولا يروق لي كثيرًا الرجال، في مثل هذا العمر..
تعلقت عيناه بدبوسها الماسي، وهي تلوّح بيدها قائلة في سخرية:

- كلا.. لست (هدير).
سقط فكه السفلي في ذهول، وهو يردّد:
- لست (هدير)؟!
أجابته في برود:
- نعم.. لست (هدير).. أنا شقيقتها التوأم (همس).. صحيح أنك لم تلتق بي من قبل، ولكنني واثقة من أنها أول مرة تعرف فيها هذا.. فلم تكن (هدير) تتحدث عني كثيرًا، وإن كنا نتحدث هاتفيًا باستمرار، فأنا أعمل كصانعة مجوهرات، وأحيا منذ خمس سنوات في (باريس).
ظلّ يحدق فيها ذاهلًا، وهي تتابع:
- وفي آخر مرة تحدثت فيها إلى (هدير)، في مكتبها بالشركة، أخبرتني بشكوكها، وبأمر المكتبة، وما فعلتموه بها، ثم اتصل بي خالي، في اليوم التالي مباشرة، وأبلغني بانتحارها..
والتقى حاجباها في غضب، وهي تستطرد:
- أدركت على الفور أنها لم تنتحر، بل قتلت بسبب شكوكها هذه، ولقد حاولت اللحاق بجنازتها، ولكنني لم أستطع، بسبب تأخر الطائرة، في هذا الموسم، فوصلت إلى (القاهرة) في اليوم التالي، وبكيت طويلًا أمام قبرها.
وتنهدَّت في عمق، قبل أن تضيف:
- ثم قرَّرت الانتقام.
لم ينبس ببنت شفة، وهو يستمع إليها تكمل:
- كان يمكنني إبلاغ الشرطة مباشرة، ولكنني خشيت أمرين، أولهما أن تكون قد أفرغت الخزانة السرية من محتوياتها، والثاني أن يفلت شريكاك، فلم أكن أعرف سواك، وسوى أن أحدهما يُدعى (كمال)، كما أخبرتني (هدير).
شعر بجسده كله يرتجف، وهي تقول:
- وعندئذ كان لابد لي من وضع خطة مناسبة، فتسلّلت إلى منزلك، ولا تسألني كيف نجحت في دخول شقتك، ولا كيف عرفت عنوانها، فالحياة في (باريس).. تمنح المرء بعض الخبرات والمهارات، خاصة عندما يمتلك أصابع ماهرة خبيرة، كأصابع صانعة مجوهرات.. المهم أنني دخلت شقتك، وسرقت مسدسك، ثم وضعت زهرة ماسية على فراشك، وأنا واثقة من أن هذا سيثير أعصابك، ويجعلك شديد التوتر، وخاصة بعد أن تعمَّدت السير أمامك، عند وصولك بالسيارة، لتتصوَّر أنني شبح (هدير).
صمتت لحظة، وهو يحدّق في وجهها، قبل أن تقول في سخرية:

السقوط

لم يستغرق الأمر وقتًا طويلًا..

لقد انهار (كاظم) تمامًا، وأدلى باعتراف تفصيلي، وهو يرتجف مع كل حرف منه، وكرَّره في أثناء محاكمته، وهو يبكي، ويطالب القاضي بتوقيع أقصى عقوبة عليه، لإنقاذه من العذاب الذي يشعر به.

ولم يمض شهر واحد، حتى صدر الحكم بسجن (كاظم) لمدة خمسة وعشرين عامًا، مع الأشغال الشاقة المؤبدة..

وعندما حان أوَّل موعد الزيارة، فوجئ (كاظم) بنداء اسمه، ضمن أسماء المسجونين، الذين سينتقلون إلى عنبر الزيارات..

وسأل (كاظم) نفسه ألف مرة، وهو يسير وراء حارسه، نحو عنبر الزيارات، عن زائره، وراح يضرب أخماسًا في أسداس، حتى بلغ العنبر.. وهناك هوى قلبه بين قدميه، واتسعت عيناه في رعب هائل، وتخاذلت قدماه، حتى كاد يسقط مغشيًا عليه..

كانت هي زائرته ..

هي بابتسامتها الساخرة، وزهرتها الماسية، التي تزين صدرها..

وفي ذهول ورعب، هتف:

- أنت؟!..

أجابته في برود:

- نعم.. أنا.

هتف ذاهلًا:

- ولكنهم أخبروني بوجودك، وهذا يعني أنهم يرونك، والأشباح لا..

قاطعته ساخرة:

- من قال إنني شبح؟

قال مرتعدًا:

- لقد رأيت جثتك بنفسي، و..

مالت نحو القضبان، التي تفصلها عنه، وهي تسأله:

- من تظنني؟

أجاب مضطربًا:

- أ..أ.. أنت (هدير).. سكرتيرتي السابقة.

أطلقت ضحكة ساخرة، وطوَّحت رأسها للوراء، قبل أن تواجهه بنظرة مباشرة، قائلة في مزيج من السخرية والشماتة:

شبح الزهرة الماسية

إعداد وتحرير: رأفت علام

مكتبة المشرق الإلكترونية

- نعم!.. سيدة اتصلت بنا هاتفيًا، وأبلغتنا بأمر صفقة المخدرات هذه، وباحتمال نشوب صراع بينك وبين شريكيك بسببها، وأخبرتنا بمكانها أيضًا.
ثم اتجه إلى الثلاجة الأنيقة، في ركن الحجرة، وأزاحها بحركة حادة، وأشار إلى حقيبة تستقر خلفها، وهو يقول:
- ومن الواضح أنها كانت على حق.
حدَّق (كاظم) في الحقيبة ذاهلًا، ثم انهار على أقرب المقاعد إليه، وقد أدرك أنه خسر.
خسر اللعبة كلها.

☆☆☆

وفجأة انفتح باب مكتبه في عنف..
وانتفض جسده..
انتفض مرتين.. مرة عندما انفتح الباب، والمرة الثانية عندما رأى من فتحه..
كانت قوة من رجال الشرطة، مكونة من ضابط وثلاثة جنود، اقتحموا المكان في عنف، وصوبوا أسلحتهم إليه، فرفع ذراعيه هاتفًا:
- إنني لم أفعل شيئًا.
نقل الضابط بصره بين جثة (عاصم) والنافذة المفتوحة، وهو يقول في صرامة شديدة:
- لم تفعل شيئًا؟!.. وما الذي كنت تزمع فعله أكثر من هذا.
هتف (كاظم) في ارتياع:
- كنت أدافع عن نفسي، عندما هاجماني.. إنهما لصان.. لصان حاولًا سرقتي وقتلي.. ولقد عذباني كثيرًا.. انظر إلى اللكمات في وجهي وبطني، و..
قاطعه الضابط :
- وماذا عن المخدرات؟
شحب وجهه في شدة، وهو يقول بصوت مرتجف:
- المخدرات التي تخفيها هنا..
أشار إلى الخزانة السرية المفتوحة، هاتفًا :
- لست أخفي شيئًا.. ها هي ذي الخزانة فارغة.
عقد الضابط حاجبيه، وهو يتطلّع إلى الخزانة في شك، ثم اتجه إليها، وفحصها في اهتمام، قبل أن يقول:
- خزانة سرية؟!.. أمر مثير للاهتمام بالفعل.. ماذا تفعل خزانة سرية في مكتبك.
أجابه في لهجة بدت أشبه بالضراعة :
- لم أكن أعلم عنها شيئًا.. إنها ملكهما..
ثم استدرك في سرعة:
- ولكنها خالية كما ترى.. لا أثر فيها لأية مخدرات.
قال الضابط، وهو يرمقه بنظرة صارمة:
- ومن قال أننا نبحث عن المخدرات فيها؟.. إننا نعلم موقعها بالضبط، فقد أبلغتنا سيّدة مجهولة عنها، ومن الواضح أنها كانت على حق.
شحب وجه (كاظم) في شدة، وهو يقول :
- سيّدة مجهولة.
أجابه الضابط:

استدار (كاظم) في سرعة إلى (عاصم)، ورآه ينقض عليه في عنف، وملامحه ترسم أبشع صور الوحشية والشراسة، فصرخ به:
- ابتعد.
وبحركة غريزية، ضغطت سبَّابته زناد المسدس..
وانطلقت الرصاصة..
وأصابت الهدف..
واتسعت عينا (عاصم) في ألم ودهشة، ثم هوى جثة هامدة، أمام مكتب (كاظم)، الذي صاح مذعورًا:
- لم أقصد هذا.. لم أقصد قتله.
ولكن (كمال) انقضّ عليه، وركل المسدس من يده في عنف، ثم لكمه في فكه، هاتفًا:
- لقد قتلته أيها الوغد.
سقط المسدس من يد (كاظم)، وهتف في رعب:
- لم أقصد قتله.. أقسم لك.
لكمه (كمال) مرة أخرى، ثم جذبه من ياقته في عنف، ودفعه نحو النافذة، صائحًا:
- إنك تستحق القتل.
صرخ (كاظم) في رعب، عندما حاول (كمال) دفعه من النافذة، وتشبث بحافتها في استماته، وهو يهتف:
- لا.. لا تفعل بي هذا.
واصل (كمال) الإمساك، به مرة أخرى، ولكن (كاظم) دفعه بكل قوته، صارخًا:
- قلت لك: ابتعد عني.
كانت الدفعة قوية بالفعل، حتى أن (كمال) ارتطم بحافة النافذة، وشعر بجسده يميل خارجها في سرعة، فصرخ:
- لا.. أنقذني.
وحاول التشبث بحافة النافذة، إلا أن أصابعه أفلتتها، فهوى من الطابق الرابع، وهو يطلق صرخة رعب هائلة، قبل أن يرتطم بالأرض في عنف، ويصمت تمامًا..
وتراجع (كاظم) في هلع..
لقد قتلهما.
قتل الرجلين..

تألقت عينا (عاصم)، وهو يقول في ظفر:
- كنت أعلم هذا.. كنت واثقًا منه.
أما (كمال)، فسأله في عصبية:
- وأين هي الآن؟
ألقي (كاظم) جسده على مقعده الوثير خلف مكتبه، وهو يقول:
- في خزانة خاصة.. لقد نقلتها إليها هذا الصباح، وها هوذا مفتاح الخزانة.
قالها وهو يفتح درج مكتبه، ويلتقط منه مسدسه، ثم رفعه فجأة في وجهي الرجلين، وهو يهتف في عصبية:
- حذار أن يتحرَّك أحدكما، أو أطلق النار عليه بلا تردد.
تراجع (كمال) في حركة حادة، وانعقد حاجبا (عاصم) في شدة، في حين واصل (كاظم) في عصبية، وهو يصوب مسدسه إليهما، ويلوح به غاضبًا:
- لقد أسأتما معاملتي، ويمكنني أن أقتلكما لهذا السبب.
لوّح (كمال) بذراعيه، قائلًا:
- اهدأ يا سيد (كاظم).. اهدأ.. إننا لم نفعل هذا بإرادتنا.. كنا مضطرين.. إنها أوامر الرؤساء.
صاح بهما:
- ولكنني كنت على حق.. لم أسرق هذه المخدرات اللعينة.. ألم تريا تلك الزهرة الماسية، داخل الخزانة؟
قال (كمال) في سرعة:
- لقد رأيناها بالطبع، ونحن نصدق كل ما قلته.. كل كلمة منه.
صرخ (كاظم):
- كاذب.. إنكما لم تصدّقا حرفًا واحدًا، وكنتما على استعداد لقتلي بلا رحمة.. إنكما تستحقان أن أقتلكما ككلبين ضالين.
هتف (كمال):
- لا.. لا تفعل.. إنك رئيس مجلس إدارة محترم، ولن تقتل شخصين هكذا، بلا مبرر منطقي.
ثم اتجه إلى النافذة، مستطردًا:
- أضف إلى هذا أنهم ينتظروننا في أسفل، وصوت الرصاصة سيجذبهم إلى هنا، و..
تابعه (كاظم) ببصره، ولم ينتبه إلى خدعته، حتى سمعه يهتف:
- هيا يا (عاصم).

- مجرَّد محتال.. أليس كذلك؟
صاح (كاظم):
- أقسم لكما أن هذا ما حدث.. إنني لم أسرق شيئًا، ولم..
هوى (كمال) على فكه بلكمة قوية مباغتة، جعلته يصرخ قبل أن يهتف في ذعر ودهشة:
- هل جننت؟
جاوبه (كمال) بلكمة أكثر عنفًا، ألقته أرضًا، وحطمت واحدة من أسنانه الأمامية، فصرخ:
- ماذا تفعل بي؟
لوَّح (كمال) بقبضته، هاتفًا في شراسة:
- سأظل ألكمك على هذا النحو طوال الليل، حتى تعترف.
صاح (كاظم):
- أعترف بماذا؟.. إنني لم أفعل شيئًا.
أشار (كمال) إلى (عاصم) في غضب، فتقدَّم هذا الأخير نحو (كاظم)، وهو يبتسم ابتسامة جذلة، وركله ركلة عنيفة في معدته، فصرخ (كاظم)، وهو يقول:
- لا يمكنك أن تفعل بي هذا.. إنني رئيس مجلس إدارة محترم..
ابتسم (كمال) في سخرية عصبية، وهو يقول:
- حقًّا؟!.. كل ما أعرفه عنك هو أنك مجرَّد شخص جشع حقير، يخزن المخدرات في مكتبه، مقابل نسبة من ثمنها، ثم تمتلئ نفسه بعدها بالطمع، فيسرقها كلها، ويخترع قصة خيالية سخيفة، ليبرر بها هذا.
لوَّح (كاظم) بكفه، قائلًا:
- غير صحيح.. أقسم لك أن هذا غير صحيح.
ركله (عاصم) ركلة أكثر قوة في معدته، فصرخ مرة ثانية، وأمسك معدته بذراعيه، وهو يضمّ ركبتيه إليها، فقال (كمال) في حدة:
- هيا.. اعترف.
لهث (كاظم)، وهو يقول:
- حسنًا.. سأعترف.
تنهَّد (كمال) قائلًا:
- هذا أفضل.
نهض (كاظم) في بطء، واستند إلى حافة مكتبه، وهو يلهث قائلًا:
- لقد سرقت المخدرات، وأخفيتها في مكان آخر.

واختلفوا

تفجرت حمم الغضب في جسد (كمال)، وهو يحدّق في الخزانة الخاوية، قبل أن يلتفت إلى (كاظم)، ويصرخ في وجهه:
- هل تتوقع مني أن أصدّق هذا؟
سأله (كاظم) في دهشة متوترة:
- تصدّق ماذا؟
لوَّح بذراعه، هاتفًا:
- هل تتوقع مني أن أصدّق هذه القصة السخيفة، عن الأشباح والأرواح التي تتصل بالبشر هاتفيًا، وتسرق كنزًا من الهيروين الخام النقي، يبلغ ثمنه عشرة ملايين دولار؟.. أتظنني غبيًا إلى هذا الحد؟
صاح (كاظم):
- ولكن هذا ما حدث.
أطلق (كمال) ضحكة عصبية ساخرة، وقال:
- يا للسخافة!.. كان ينبغي أن تبتكر قصة أكثر واقعية يا رجل.
هتف (كاظم):
- إنني لم أبتكر شيئًا.. لقد اتصل بي شبح هذه الـ..
انقضّ عليه (كمال) فجأة، وأمسكه من ياقة سترته، في عنف، وهو يقول في غضب صارم:
- اسمعني جيدًا يا رجل.. لو أنك تتصور أن قصتك السخيفة هذه ستقنع طفلًا صغيرًا، فأنت مخطئ حتمًا.. وحتى لو صدقتك أنا، فلن يصدقك الآخرون.
قال (كاظم) في خوف ودهشة:
- الآخرون؟!
أجابه (كمال) في حدة:
- بالطبع يا رجل.. هل تصوَّرت أنني صاحب هذه الملايين؟!.. أظننت أنني أمتلك وحدي ما قيمته عشرة ملايين دولار من الهيروين؟!.. كلا يارجل.. لست قويًا وثريًا إلى هذا الحد.. إنني مجرَّد منفذ للعبة، أما الممولون، فهم مجموعة من علية القوم، يمتلكون القوة والسطوة والمال، ولن يروق لهم أبدًا أن تسرق منهم عشرة ملايين دولار، بسبب قصة سخيفة كهذه.
هتف (كاظم) في ذعر:
- أسرق منهم؟!.. ولكنني لست لصًا.. إنني..
قاطعه (عاصم) ساخرًا:

- يقول: إنه وجد الزهرة الماسية في خزانتنا.

هتف (عاصم) مذعورًا:

- في خزانتنا؟!

ثم التقى حاجباه، وهو يستطرد في غضب:

- إذن فهذا هو السر.

سأله (كمال):

- أي سر؟

أجابه في حدة:

- السر الذي من أجله اخترع (كاظم) هذه القصة كلها..

اتسعت عيني (كمال)، وقد أدرك ما يعنيه (عاصم)، وهتف:

- فهمت.. إذن فقد اخترع القصة كلها ليسرق الهيروين.

وزمجر في وحشية، مستطردًا :

- يا للجشع.

ثم هب مردفًا:

- هيا بنا.. سنزور هذا الوغد في مكتبه.

سأله (عاصم)، وهو يتبعه:

- ماذا ستفعل، لو كنت على حق؟

أخرج (كمال) مسدسه، وجذب مشطه في قوة، وهو يجيب:

- سأقتله.

وبدا أشبه بوحش مفترس، وهو يستطرد:

- سأقتله بلا رحمة.

☆☆☆

ضاع..

تبخر..

وفي يأس وانهيار، ضغط زر الاتصال، بينه وبين سكرتيرته، وقال:

ـ آنسة (سهير).. يمكنك الانصراف، سأبقى بعض الوقت.

قالت عبر جهاز الاتصال:

ـ لو أنك تحتاج إلي فيمكنني أن أبقى يا سيدى، و..

قاطعها في حدة:

ـ قلت انصرفي.. هيا.

غمغمت في دهشة:

ـ حسنًا يا سيدي.. سأنصرف.

أنهى الاتصال في عصبية، ثم التقط سماعة الهاتف، وضغط أزراره في توتر ولم يكد يسمع صوت (كمال)، حتى قال:

ـ (كمال).. أحضر إلى مكتبي الآن..

سأله (كمال) في قلق:

ـ ماذا حدث؟.. أرأيت الشبح مرة أخرى؟

أجابه في اضطراب:

ـ بل رأيت الزهرة.. الزهرة الماسية.

سأله (كمال) في حذر:

ـ وأين رأيتها هذه المرة؟.. على سطح مكتبك؟!

ازدرد لعابه في توتر، قبل أن يجيب:

ـ بل في الخزانة.. الخزانة السرية .

صرخ (كمال):

ـ ماذا؟!

وقفز من مقعده، هاتفًا:

ـ انتظرني.. سأحضر على الفور.

قال (كاظم) في انهيار:

ـ لا تدخل من الباب الأمامي.

صاح (كمال):

ـ أعلم.. أعلم.. سأدخل من الباب الخلفي.

وأنهى المحادثة في عنف، فسأله (عاصم):

ـ ماذا يقول هذه المرة؟

أجابه (كمال) في انفعال شديد:

- من أنت؟
أجابته بنفس اللهجة الساخرة:
- ألا تعرفتي حقا؟!
ارتجف أكثر وأكثر..
ولكن لماذا تتصل به هاتفيًا؟...
البشر وحدهم يفعلون هذا.
وسألها مرتجفًا:
- ماذا تريدين؟
أجابته:
- أردت أن أشكرك على هديتك.
ردّد في خوف:
- هديتي؟!
أجابت ساخرة:
- نعم.. هديتك الثمينة.. لقد حصلت عليها بنفسي، من تلك الخزانة السرية، خلف مكتبتك.
صرخ في رعب:
- ماذا؟
ألقى سمَّاعة الهاتف، واندفع نحو المكتبة كالمجنون، وراح يلقي الكتب عن الأرفف في ذعر، ثم لم تلبث الدماء أن تجمَّدت في عروقه..
كانت الخزانة السرية خالية تمامًا..
إلا من شيء واحد..
زهرة ماسية صغيرة..
وانهار (كاظم)، فوق أقرب المقاعد إليه، ومن سماعة الهاتف، التي لم تستقر في موضعها الصحيح، انبعثت ضحكة ساخرة، جعلته ينتفض، ثم يقفز إلى مكتبه، ويلتقط السمَّاعة صارخًا:
- ابتعدي.. ابتعدي عني.
ثم أغلق السماعة في عنف، وجسمه كله ينتفض في قوة، وقلبه ينبض في جنون..؟
ماذا سيفعل الآن؟..
كل أحلامه ضاعت..
تحطمت..
هيروين نقي، بعشرة ملايين دولار اختفى..

عقد (كمال) حاجبيه، وهو يسأله:
- ولماذا يفعل ذلك؟
هز كتفيه، قائلًا:
- ربما كانت لديه أسبابه.
جلس (كمال) أمام (عاصم)، وسأله في عصبية:
- أتظنه يسعى لخداعنا؟
هز (عاصم) كتفيه مرة أخرى، وقال:
- ربما.
ارتسم الغضب على وجه (كمال)، وقال في حدة:
- سأقتله، لو كان هذا صحيحًا.
وقبض أصابعه، مستطردًا في توتر بالغ:
- أقسم أن أفعل.

☆☆☆

أعلنت عقارب الساعة تمام الثالثة، موعد انصراف العاملين بالشركة، وبدأ التوتر يتسلّل إلى قلب (كاظم).
إنه لا يرغب حقًا في الانصراف..
البقاء في الشركة يشغله بالعمل على الأقل، فلا يفكر في (هدير) وشبحها ومشكلاتها..
تنهَّد في عمق، وغمغم:
- ولكن الانصراف أمر حتمي.
نهض من خلف مكتبه، وهم بالانصراف، لولا أن ارتفع رنين الهاتف في اللحظة نفسها، فالتقط سمَّاعته، وقال:
- من المتحدَّث؟
أتاه صوت أنثوي ساخر، يقول:
- إنه أنا.
كانت أقوى انتفاضة سرت في جسده منذ مولده..
كل خلية من خلاياه انتفضت، وارتجفت، وصرخت..
كل ذرة في جسده شهقت في رعب..
إنه صوتها ..
صوت (هدير)..
وفي رعب هائل هتف:

لا.. لا يمكن أن ينتحر..

لن يموت قبل أن يجمع كل الملايين، التي فعل من أجلها هذا..

لن يقتل نفسه، قبل أن يحصد ثمار مخاطرته.

لقد جازف بمنصبه، وماضيه كله، مقابل أن يحقق ذلك الثراء، الذي يحلم به منذ شبابه..

صحيح أنه رئيس مجلس إدارة شركة مرموقة، ولكن راتبه، الذي يحسده عليه الكثيرون، لا يكفي لتحقيق طموحاته التي بلا حدود..

إنه يحلم بسيارة فارهة، يفوق ثمنها راتبه في خمس سنوات، وفيلا أنيقة، في أرقى أحياء (القاهرة)، وأخرى على شاطئ البحر في (الإسكندرية)، وثالثة في أوروبا، ورصيد ضخم في البنوك، ورحلات فاخرة حول العالم...

كل هذا لن يحققه راتبه، بل ستحققه تلك المخدرات، المخزونة خلف تلك المكتبة الضخمة، التي تحتل حائطًا بأكمله في حجرته..

ولكن هل سيتركه الشبح، حتى يحقق كل هذا؟..

هل سيتخلّى عن انتقامه؟!

شعر برأسه يدور، وبالدنيا تظلم أمام عينيه، ولكنه تماسك..

لم يكن يرغب أبدًا في العودة إلى منزله..

البقاء في الشركة كان بالنسبة إليه أفضل كثيرًا..

لذا فعليه أن يحتمل..

وأن يبقى..

☆ ☆ ☆

"كيف تفسر هذا؟"..

سأل (عاصم) هذا السؤال، وهو يرتشف الخمر في بطء، ففرك (كمال) كفيه، وهو يقول في توتر:

ـ هناك من يعبث بنا.. شخص ما يعلم ما فعلناه، ويحاول إثارة أعصابنا، قبل أن يسعى لابتزازنا.. هذا هو التفسير الوحيد.

ابتسم (عاصم) ابتسامة ساخرة، وقال:

ـ ربما كان هناك تفسير آخر.

التفت إليه (كمال) في حركة حادة، وسأله:

ـ أي تفسير هذا؟

ارتشف (عاصم) رشفة من كأسه في هدوء، وقال:

ـ ربما افتعل (كاظم) كل هذا.

- إنه أنا.. أخبرني.. أما تزال تلك الزهرة الماسية بحوزتك؟
أجابه (كاظم):
- لقد تركتها بالمنزل.. كيف كنت تريد مني حملها؟
ثم سأله في لهفة:
- هل علمت من أخذها من المستشفى؟
أجابه (كمال) في عصبية:
- هناك من يعبث بنا حتمًا.
سأله (كاظم):
- هل عرفت من هو؟
صمت (كمال) لحظة، بدت أشبه بدهر كامل، بالنسبة لـ (كاظم) قبل أن يجيب في توتر:
- الزهرة الماسية ما تزال بالمستشفى.
ارتجف جسد (كاظم)، وهو يهتف:
- ماذا؟!
صرخ الرعب في أعماقه..
كيف ما تزال بالمستشفى، وقد تركها بالمنزل هذا الصباح؟
كيف؟..!
أتاه صوت (كمال)، عبر الهاتف، وهو يتابع متوترًا:
- لم يتسلم أحد متعلقات (هدير) حتى الآن، وشهادة وفاتها واضحة وصريحة.. كسر في الجمجمة، وهبوط حاد في الدورة الدموية، مع تمزق بالنخاع الشوكي..
لقد قرأت شهادة الوفاة، ورأيت الزهرة الماسية بنفسي.
لم يجب (كاظم)..
فقط ترك سمَّاعة الهاتف تسقط من يده، وهو يحدِّق في المسدس ذاهلًا..
الآن فقط لم يعد لديه شك..
إن شبحها يطارده..
ومن المؤكد أنه يحاول دفعه إلى الانتحار..
وفي آلية، امتدَّت يده إلى المسدس، والتقطه، ورفعه نحو رأسه، و..
وأفاق فجأة..
أفاق من رعبه وذهوله، فأبعد المسدس عن رأسه في ذعر، وحدَّق فيه لحظة، ثم أسرع بفتح درج مكتبه، ويلقيه داخله، ثم أغلقه في قوة، وجلس يلّهث في توتر وانفعال..

لوَّح بكفه في عصبية، دون أن يجيب، ودخل إلى حجرته في حدة، وصفق بابها خلفه في قوة، ثم ألقى جسده على ذلك المقعد الوثير خلف مكتبه، وأطلق من أعماق صدره زفرة قوية عنيفة..
إنه لم يحظ بالنوم حقًا ..
ظل طيلة الوقت يتخيَّل أن شبحها سيظهر فجأة في حجرته..
تصوَّرها ترمقه بنفسي النظرة المفعمة بالبغض والكراهية والحقد، وهي تقف على قيد خطوة واحدة من فراشه، ثم تنحني نحوه حتى تكاد تلامس وجهه، وتقول بصوت عميق، وكأنه يأتي من أعماق قبرها:
- أنت قتلتني.
انتفض في عنف، عندما بلغ بخياله هذه النقطة، وراح يتلفت حوله في رعب، وكأنه يخشى أن يبرز الشبح إلى جواره بغتة، ثم جرى بصره فوق مكتبة.. وتجمَّد في رعب حقيقي..
كان هناك مسدس صغير، يستقر على سطح مكتبه، فوق عدد من الأوراق والمستندات..
مسدس لم ينتبه إليه إلا في هذه اللحظة..
وكان هذا المسدس مسدسه الشخصي..
نفس المسدس الذي يحتفظ به في حجرة نومه..
وفي رعب، راحت عشرات الأسئلة تدور في رأسه..
كيف أتى المسدس إلى هنا؟..
من أحضره؟..
ولماذا؟..
لم يجد في نفسه جوابًا سوى هذا الشبح..
شبحها الذي يطارده، ويسعى للانتقام منه.
ولكن لماذا أحضر الشبح هذا المسدس؟..
هل يحاول دفعه للانتحار؟..
ارتجف أكثر وأكثر مع هذا الخاطر، وظلّ يتطلّع إلى المسدس في رعب، وهو يخشى مجرَّد لمسه، ثم لم يلبث أن استجمع البقية الباقية من شجاعته، ومد يده إلى المسدس في حذر، وقبل أن تبلغه أصابعه، ارتفع رنين الهاتف بغتة، فتراجع في ذعر، وأطلق شهقة فزع، وراح قلبه يخفق في عنف، ثم التقط سمَّاعة الهاتف، وقال بصوت مختنق:
- من المتحدث؟
أتاه صوت (كمال). وهو يقول في توتر:

- أما أنا فأؤمن بالأشباح، والعفاريت، والأرواح، وكل خرافات الدنيا، فقد رأيتها بنفسي هذه الليلة.
هز (كمال) رأسه في قوة، وهو يقول:
- لست أصدّق هذا.
قال (كاظم) في عصبية بالغة:
- صدقه أو لا تصدقه.. لقد رأيتها بنفسي.. صحيح أنني حاولت إقناع عقلي بأن هذا مجرَّد وهم، ولكنني أيقنت من أنني رأيتها بالفعل، عندما وجدت هذه الزهرة الماسية على فراشي.
قال (كمال) في حدة:
- شخص ما يعبث بنا.. يمكنني أن أقسم على هذا.
ثم التفت إلى (عاصم)، وقال في صرامة:
- اذهب في الصباح إلى المستشفى، وأحضر لي نسخة من شهادة وفاتها، وحاول أن تعرف من تسلّم متعلقاتها.
أومأ (عاصم) برأسه إيجابًا، في حين قال (كاظم) في توتر:
- وبم يفيدنا هذا؟
أجابة (كمال):
- ستؤكد لنا شهادة الوفاة مصرعها، وسنعلم من حصل على الزهرة الماسية، ومن يعبث بنا الآن.
قال (كاظم) في حدة:
- وماذا عن تلك التي رأيتها؟
أجابه في عصبية:
- وهم.. مجرَّد وهم، ولن أؤمن بالعكس أبدًا.
لم يعد (كاظم) يشعر بالرغبة في مجادلته، بعد كل عناده وإصراره ولكنه في أعماقه ظلّ يشعر أنه لا يقاتل بشرًا..
بل شبحًا..
شبحها..

☆☆☆

من المؤكد أن (كاظم) لم ينعم بنوم جيد، في هذه الليلة، فقد بدا شديد الإرهاق، وهو ذاهب إلى مكتبه، في الصباح التالي، حتى أن سكرتيرته الجديدة سألته في قلق:
- أأنت بخير يا أستاذ (كاظم)؟

الشبح

التقى حاجبا (كمال) في شدة، حتى كادا يمتزجان، وهو يمسك تلك الزهرة الماسية، ويتطلَّع إليها في دهشة وحيرة وتوتر، قبل أن يقول في حنق:

- ما الذي يعنيه هذا بالضبط؟

لم يكن جسد (كاظم) قد توقف عن الارتجاف بعد، وهو يهتف:

- لقد عادت.. عادت من قبرها لتنتقم مني.

قال (عاصم) في خشونة:

- الموتى لا يعودون.

لوَّح (كاظم) بكفه في عنف، وهو يهتف:

- كيف تفسّر هذا إذن؟.. كيف وصلت تلك الزهرة الماسية إلى فراشي؟

لم يكن لديهما تفسير لهذا، فاكتفى (عاصم) بتكرار عبارته:

- الموتى لا يعودون أبدًا.

أما (كمال)، فقال في عصبية:

- هناك شخص ما يعبث بنا.

هتف (كاظم):

- شخص مثل من؟.. لقد كانت وحدها تعرف سرنا، ولم يرنا أحد، عندما ألقينا بها من النافذة، وإلا شهد ضدنا، فمن هذا الذي يعبث بنا؟!

قال (كمال) في حدة:

شخص يريد ابتزازنا، أو أحد أقاربها.

قال (كاظم) في انهيار:

- أي أقارب.. أنسيت أن جنازتها كلها لم تضم سوى زملائها في الشركة؟.. إننا لم نر سوى خالها الكهل، وعمتها العجوز.. أيهما في رأيك يمكنه التسلّل إلى شقتي، ووضع هذه الزهرة الماسية فوقه؟

صاح (كمال):

- أي شخص؟

كان يشعر في أعماقه أيضًا بالتوتر والعصبية، وبشيء من الخوف، جعله يردَّد في حزم:

- لست أؤمن بالأشباح والعفاريت.

قالها وكأنه يحاول إقناع نفسه بها، فردَّد (عاصم):

- وأنا كذلك.

صاح (كاظم):

إنها نفس الزهرة، التي كانت ترتديها (هدير)، دائمًا.. الزهرة الماسية..

☆ ☆ ☆

عاونه البوّاب على الخروج من السيارة، ثم دفعها بيديه إلى جوار الإفريز، وسأله في حذر:
- هل أستدعي طبيبًا؟
هزَّ (كاظم) رأسه نفيًا، وقال:
- كلا.. لست أحتاج إلى طبيب.. إنه بعض الإرهاق فحسب.
رافقه البوَّاب حتى المصعد، وسأله:
- هل أصعد معك؟
لوَّح (كاظم) بكفه، قائلًا:
- كلَّا.. يمكنني الصعود وحدي.
استقل المصعد، وصعد به إلى منزله، وصورتها لا تُمحى من رأسه قط.
لقد رآها..
مستحيل أن يكون هذا وهمًا..!!
الوهم لا يأتي قويًا بهذه الصورة..
ولا واضحًا على هذا النحو..
ولكن ماذا لو أنه رأى أخرى تشبهها، وصوّر له عقله القلق أنها هي؟..!
راقه هذا التفسير، وراح يقويه في أعماقه..
نعم.. إنها امرأة أخرى..
كل ما في الأمر هو أنه كان منهمكًا في التفكير فيها، عندما وقع بصره على هذه المرأة، فصوَّر له خياله إنها (هدير)..
هذا هو المنطق الصحيح..
لقد ماتت (هدير).
والموتى لا يعودون..
وقر هذا في نفسه، وعاد الارتياح يتسلل إليه، وهو يغادر المصعد، ويتجه إلى شقته، ففتح بابها، ودلف إلى ردهتها، وأضاء مصابيح الردهة وهو يطلق من بين شفتيه صفيرًا منغومًا، محاولًا السيطرة على أعصابه، واتجه مباشرة إلى حجرة نومه، و..
وانتفض جسده في رعب أكثر، جعله يتراجع كالمصعوق، ويلتصق بالحائط في ذعر لا مثيل له..
فهناك، فوق فراشه، وفي منتصفه مباشرة، كانت تستقر زهرة صغيرة، انعكست فوقها أضواء الحجرة، فتألقت بضوء خلّاب..
ولم تكن مجرَّد زهرة عادية..
كانت زهرة رآها كثيرًا، طوال فترة عمله بالشركة.

وبكل الرعب في أعماقه، راح جسده ينتفض، وهو يحدّق في الناصية الخالية في ذهول، حتى اندفع بواب العمارة إليه، هاتفًا:
- أستاذ (كاظم).. رباه!.. ماذا حدث؟
انتفض وهو يلتفت إليه، ويحدّق في وجهه لحظة، وكأنه يراه لأول مرة، ثم سأله في عصبية بالغة:
- من هذه المرأة؟
توقف البواب في دهشة، يسأله:
- أية امرأة؟
سأله في حدة:
- تلك التي غادرت البناية توًا.
بدت الحيرة على وجه البوَّاب، وهو يقول:
- لست أدرى يا (كاظم) بك.. لم أكن هنا، و..
صرخ فيه (كاظم):
ما الذي تعنيه بأنك لم تكن هنا.. عملك هو أن تبقى، وأن تحرس المكان طيلة الوقت.
قال البواب في توتر:
- ولكنني بشر يا (كاظم) بك، ولدي احتياجاتي.
صرخ فيه:
- كلنا بشر، وكلنا..
بتر عبارته بغتة، وعاد الرعب يملأ نفسه في عنف، وهو يصرخ في أعماقه..
نعم.. كلنا بشر، ولكن ماذا عنها؟
أهي بشر أيضًا؟..
مستحيل أن تكون كذلك.. لقد تعرّف جثتها في المشرحة، وحضر جنازتها بنفسه، ورآهم يضعون جسدها في مقبرة أسرتها.
من تلك التي يراها الآن إذن؟..
إنها شبح.
نعم.. شبحها..
ارتجف جسده للفكرة، واخترق صوت البوَّاب أذنيه، وهو يسأله:
- أأنت بخير يا (كاظم) بك؟
التفت إليه في ارتياع، وغمغم شاحبًا:
- لا.. لست بخير.

الملايين التي أقنعته بمشاركة (كمال) و(عاصم) عملهما القذر..
لقد أبلغاه أنه سيحصل على عشرة في المائة من قيمة المخدّر المخبأ في خزانه بمكتبه، بعيدًا عن أعين رجال الشرطة ومكافحة المخدرات..
وكانت فكرتهما عبقرية، وتبدو مأمونة للغاية ..
وهما توليا كل مراحل التنفيذ..
كل ما فعله هو أن أزاح الكتب، من أرفف المكتبة، ثم جاءا، وصنعا ذلك المخزن السري، في خلفية المكتبة، وأعادا الأرفف إلى موضعها. ولم يعد من الممكن أن يكشف مخلوق واحد سر هذا المخزن الجديد، ولا أن يشك في أن مكتب رئيس مجلس إدارة الشركة يخفي شيئًا كهذا..
لولا فضول (هدير)..
فضولها الذي حول الأمر، من مجرّد إخفاء مخدرات، إلى جريمة قتل، مع سبق الإصرار والترصد..
ولكن من يمكنه إثبات التهمة عليه؟
لقد اقنعها بالبقاء في الشركة، بعد انصراف الجميع، وتظاهر هو نفسه بالانصراف، أمام أعين الجميع، بعد أن تسلّل من الباب الخلفي لمكتبه، ثم عاد سرًا من الباب نفسه، بعد موعد الانصراف بساعة واحدة، دون أن يشعر به حارس المبنى، في حين بقيت (هدير) في مكتبها، وهي تظنه داخل مكتبه، دون أن تنتبه إلى انصرافه وعودته..
ثم جاء (كمال) و(عاصم)، من الباب الخلفي أيضًا..
وكان ما كان..
زفر مرة أخرى في عصبية وتوتر، وانتبه إلى أنه قد اقترب من منزله، فخفض سرعة سيارته، وانحرف بها نحو الإفريز، و..
وفجأة انتفض جسده كله في رعب.
وفقد السيطرة على عجلة القيادة ..
وانحرفت السيارة في عنف، لترتطم بالإفريز في قوة، ثم تقفز فوقه، وتصطدم بجدار منزله..
وعلى الرغم من الحادث، ومن ارتطام عجلة القيادة بصدره، إلا أنه لم يوقف محرّك السيارة، ولم يشعر بالألم، بل ظلّ يحدّق في الطريق ذاهلًا..
من المؤكد أنه رآها..
كانت تسير عند ناصية الشارع، وهو يقترب من منزله..
ولقد رمقته بنظرة لن ينساها أبدًا..
نظرة غاضبة، تفيض مقتًا وكراهية..

واندفع مغادرًا المكان، وصفق الباب خلفه في عنف، فانعقد حاجبا (كمال) في غضب وصرامة، وهو يقول:
- أعصابة المرتجفة هذه لا تروق لي.
ارتشف (عاصم) كأسه في هدوء، وهو يقول بصوته الأجش:
- اطمئن.. إنه متورط مثلنا تمامًا .
- قلب (كمال) شفتيه في ازدراء، وهو يقول:
- كم أكره الضعفاء أمثاله.. إنني أحلم بخنقه بيدي، ولكننا نحتاج إلى وجوده على قيد الحياة للأسف.
ابتسم (عاصم) ابتسامة باهتة، وهو يقول:
- إنها أفضل صفقة عقدناها، فلن تكشف الشرطة مخزننا الجديد هذا قط.
صمت (كمال) لحظات، ثم قال:
- ربما كان هذا صحيحًا، ولكنني لا أشعر بالارتياح، عندما نتعامل مع شخص غير محترف، وجشع في الوقت نفسه.
توقف (عاصم) عن ارتشاف كأسه، وسأله في اهتمام:
- أتخشى أن يسرقنا؟
أجابه (كمال) في صرامة:
- لن يجرؤ.
ثم تطلَّع إلى الباب، الذي غادره (كاظم) منذ قليل، وأضاف في شراسة:
- ولو فعل فسأقتله.. بلا رحمة.

☆☆☆

شعر (كاظم) بثقل يجثم على صدره، وهو يقود سيارته عائدًا إلى منزله، في هذه الليلة، وزفر من أعماق صدره في حدة وضيق..
لم يكن باستطاعته أبدًا أن يتكيف مع ما حدث..
صحيح أنه شريك في الجريمة، ولكنه ليس محترفًا، ولم يكن يرغب أبدًا في أن تصل الأمور إلى هذا الحد..
لولا فضول (هدير)..
راح يلعن الفضول الأنثوي، الذي جعلها تدس أنفها فيما لا يعنيها، وتضطرهم للتخلص منها..
ولكنه وافق على هذا..
وافق على قتلها..
كانت بالنسبة إليه عقبة في طريق الملايين، التي حلم بامتلاكها..

المجهول

"وقيد الحادث ضد مجهول"..
قالها (كمال) وأطلق ضحكة ساخرة عالية، وهو يرفع كأسه في وجهي (عاصم) و(كاظم)، مستطردًا في سخرية:
- نخب هذا المجهول، الذي خلصنا من هذه الفضولية.
رفع (عاصم) كأسه، يضربه بكأس (كمال)، في حين عقد (كاظم) حاجبيه، وبدا الضيق على وجهه، فسأله (كمال) في سخرية:
- ألا يروق لك هذ النخب؟
قال (كاظم) في حدة:
- لا يروق لي الأمر كله.. لقد ارتكبتما جريمة قتل، فما الذي يستحق الاحتفال في هذا؟
رفع (كمال) حاجبيه في سخرية، وهو يقول:
- ارتكبنا؟!.. تقصدنا جميعًا بالتأكيد، فأنت شريك متضامن في هذه الجريمة.
أشاح (كاظم) بوجهه، قائلًا:
- فليكن.. ما زال الأمر إذن لا يستحق الاحتفال.
قهقه (كمال) ضاحكًا، وقال:
- يا للمشاعر الرقيقة.
ثم مال نحوه، مستطردًا في جدية:
ولكن في نظري أنا يستحق الأمر الاحتفال.. بل يستحق حفلًا كبيرًا، فلقد تخلصنا من تلك الفضولية، ولم نتعرض لأي عقاب، وأمكننا إقناع الجميع بانتحارها، بسبب قصة حب فاشلة، وحافظنا على سرنا في الوقت ذاته، فما الذي تطلبه أكثر من هذا؟
لوّح (كاظم) بكفه، قائلًا في حدة:
- لا شيء.
ثم هب واقفًا، وهو يقول:
- سأنصرف.. أريد العودة إلى منزلي مبكرًا.
قال (كمال) ساخرًا:
- لماذا؟.. إنك أرمل حسبما نعرف.
صاح محتدًا:
- أريد الرحيل فحسب.. أنا حر في اتخاذ مثل هذا القرار.. أليس كذلك؟

ارتسم الغضب على وجهه، وأمسك زهرتها الماسية، وهو يقول:

- أنيق جدًا هذا الدبوس الماسي.. أليس كذلك؟

رأت رئيسها يعبر ذلك الباب، الذي يصل مكتبها بمكتبه، فهتفت به مستنجدة:

- أستاذ (كاظم).. النجدة!

ولكن الرجل تجاهلها تمامًا، وهو يسأل (كمال):

- هل تعلم شيئًا؟

أجابه (كمال) في ضيق:

- إنها ترفض الاعتراف حتى الآن.

أشار رئيسها بكفه، قائلًا:

- دعنا نتخلص منها إذن، فلم يعد أمامنا سوى هذا.

صاحت (هدير) في رعب:

- تتخلّصون مني؟!.. ولكن لماذا يا سيد (كاظم)؟.. إنني لم أفعل شيئًا.

ألقى (كاظم) عليها نظرة متوترة، ثم قال لـ (كمال) في عصبية:

- هيا.. فلننته من هذا الأمر في سرعة.

ثم عاد إلى حجرته، وأغلق بابها خلفه في إحكام، فأشار (كمال) إلى (عاصم)، قائلًا:

- هيا.. ألم تسمع ما قاله الرجل؟

حملها (عاصم) كطفل صغير، وهو يحيط ذراعيها بساعديه في قوة، فصرخت:

- لا.. لا.. اتركوني.

ولكن (كمال) فتح نافذة حجرتها، وهو يقول ساخرًا:

- الوداع يا آنسة (هدير).. تسعدني معرفتك، على الرغم من قصرها.

أطلقت صرخة رعب أخرى، وقاتلت بكل قوتها للحفاظ على حياتها، ولكن (عاصم) كان قويًا للغاية، وهو يحملها إلى النافذة، ثم يلقيها خارجها في هدوء..

من الطابق الرابع..

★ ★ ★

غادرت حجرتها إلى الممر الخارجي، وأدهشها أن وجدت المكان كله خاليًا ساكنًا، فغمغمت في شك:

- أين ذهب الجميع؟..هل يعمل رئيس مجلس الإدارة وحده هذا المساء؟

بحثت في كل المكاتب عن أحد من الزملاء، ولكنها وجدتها خالية تمامًا، فتسلّل الشك إلى نفسها، وهي تقول:

- لماذا طلب مني الحضور، في هذه الساعة المتأخرة إذن؟

تحوَّل شكها إلى مزيج من الخوف والقلق، عندما تناهى إلى مسامعها وقع أقدام تقترب من ممر جانبي، فتراجعت في ذعر، والتصقت بالحائط، ولكن وقع الأقدام واصل اقترابه وتقدّمه، فاندفعت عائدة إلى حجرتها، ولم تكد تدخلها حتى أطلقت شهقة ذعر ودهشة، عندما وجدت (كمال) داخلها، يتطلع إليها بابتسامة ساخرة، فهتفت:

- أستاذ (كمال)؟!.. كيف وصلت إلى هنا؟

أجابها في برود ساخر:

- لدي وسائلي.

كانت نظراته تعمل شيئًا مخيفًا، جعلها تتراجع أكثر وأكثر..

وفجأة أمسكت يد قوية كتفها من الخلف، فأطلقت صرخة فزع قصيرة، وهي تلتفت إلى صاحبها، ولم تكد ترى وجهه، حتى أطلقت صرخة أكثر قوة..

كان صاحب الملامح الغليظة، الذي يرافق (كمال) دائمًا، ولقد سألها هذا الأخير بابتسامته الساخرة:

- هل أفزعك (عاصم)؟

أرادت أن تنفي هذا، ولكنها وجدت نفسها تجيب في صوت مرتجف:

- نعم.

أطلق (كمال) ضحكة ساخرة، وقال:

- إنه يستحق العقاب إذن.

ثم مال نحوها، وداعب شعرها الأسود الناعم بسبَّابته، وهو يسألها:

- ماذا وجدت في المكتبة؟

هوى قلبها بين قدميها، وهي تقول في ذعر:

- المكتبة؟!.. وما شأني أنا بالمكتبة؟

أطلقت شهقة رعب، عندما جذبها من شعرها بغتة، وهو يكرِّر في صرامة:

- ماذا وجدت؟!

هتفت:

- لم أجد شيئًا.. أقسم لك.

- مطلقًا .
صمت لحظات أخرى، ثم قال في هدوء عجيب:
- ما رأيك في عمل إضافي؟
كانت بالنسبة إليه عقبة في طريق الملايين، التي حلم بامتلاكها..
الملايين التي أقنعته بمشاركة (كمال) و(عاصم) عملهما القذر..
بدا العرض أشبه برشوة صريحة، ولكن فضولها دفعها للتظاهر بالقبول، وهي تقول في سرعة:
- لا بأس.. أين؟
ابتسم قائلًا:
- هنا.
ردَّدت خلفه في دهشة:
- هنا؟
أجاب في هدوء:
- نعم.. هنا.. هناك عمل يحتاج منا إلى البقاء، بعد ساعات العمل المعتادة، وسأمنحك مكافأة ضخمة لو قبلت، و..
قاطعته في سرعة:
- إنني أقبل.
اتسعت ابتسامته، وهو يقول:
- عظيم.
وعاد إلى حجرته في هدوء، تاركًا إياها في لجة من الانفعالات والدهشة والتساؤل، غارقة وسط بحر من الفضول والشك..
بحر بلا قرار.

☆☆☆

أشارت عقارب الساعة إلى العاشرة مساءً دون أن يغادر رئيس مجلس الإدارة مكتبه، أو يكلفها أية أعمال، حتى تحوَّل الفضول والشك في أعماقها إلى ملل وضجر لا حدود لهما، فنهضت تتطلّع من النافذة إلى المدينة الغارقة في صمت وسكون، فرضهما الطقس الشديد البرودة في الخارج، وتمتمت:
- كم أتوق إلى قدح من الشاي.
تنهّدت في عمق، ثم اتجهت إلى باب حجرتها، وهي تتابع:
- لو أن عم (عمارة) ترك أدواته في حجرته، فسأمنحه مكافأة كبيرة في الصباح.

- لا شيء يا (كاظم) بك.. لم تكن الكتب موضوعة بنظام جيد، فأردت إعادة ترتيبها قبل حضورك.. هذا كل شيء.
رمقها بنظرة شك شديدة، وهو يتطلّع إليها في صمت، قبل أن يقول:
- لا تدخلي مكتبي دون استئذان.
هزَت رأسها في قوة، معلنة استسلامها لتعليماته، وأسرعت تغادر حجرته إلى حجرتها، في حين ظل هو معقود الحاجبين، يتطلّع إلى الباب الموصل بين حجرتيهما، ثم جلس خلف مكتبه، وتطلّع لحظة إلى المكتبة، وبعدها التقط سماعة الهاتف، وضغط أزراره في بطء، وانتظر حتى سمع صوت (كمال)، فقال في توتر بالغ:
- يبدو أن أحدهم قد كشف أمرنا يا (كمال)، وأصبح من المحتم أن نتخذ اجراءً وقائيًا سريعًا.
وازداد انعقاد حاجبيه، وهو يضيف:
- وحاسمًا.

☆☆☆

لم يتوقف جسد (هدير) عن الارتجاف، وهي تقف أمام نافذة حجرتها، في الطابق الرابع، متطلّعة إلى الطريق في شرود..
لقد أصبحت واثقة، دون أدنى شك، من أن هذه المكتبة تخفي سرًا ما يثير أعصاب رئيسها إلى هذا الحد..
ولكن أي سر هذا؟..
ولماذا يقلق رئيس مجلس الإدارة هكذا؟..
اشتعل فضولها الأنثوي أكثر وأكثر، وراح يلتهم عقلها بلا رحمة، حتى سمعت صوت رئيسها يقول:
- آنسة (هدير)..
انتزعها صوته من شرودها وأفكارها، فاندفعت إلى جهاز الاتصال، هاتفة:
- تحت أمرك يا سيدي.
انتفض جسدها، عندما وجدته يقف أمامها، وتراجعت عن مكتبها، قائلة في توتر:
- أستاذ (كاظم).. أنت هنا؟
أخافتها نظراته الحادة، قبل أن يبتسم قائلًا:
- هل يضايقك هذا؟
هزت رأسها في قوة، قائلة:

السر

بدت (هدير) شديدة الأناقة والجمال، في الصباح التالي، وهي تدخل مقر الشركة، وتلقي التحية على زميلاتها وزملائها، الذين بادلوها التحية في مرح، وسألتها إحدى زميلاتها، وهي تشير إلى دبوس أنيق من الماس، يزين صدرها، على هيئة زهرة بسيطة:

- ألا تظهرين مرة واحدة، بدون تلك الزهرة الماسية يا (هدير)؟

ابتسمت (هدير)، قائلة:

- إنني أتفاءل بها.

كانت هذه الزهرة الماسية بالفعل، هي أفضل ما يميزها، فهي لم تأت يومًا واحدًا إلى الشركة، طوال سنوات عملها فيها، دون أن تزين بها صدرها، حتى أن بعض زميلاتها أطلقن عليها نفسها اسم (الزهرة الماسية)، ورحن يداعبنها به طيلة الوقت..

وفي ذلك اليوم لم تلتفت (هدير) كثيرًا إلى زميلاتها ودعاباتهن، فقد حضرت مبكرًا، في هذا اليوم بالذات، لتبحث عن السر..

سر مكتبة رئيس مجلس الإدارة ..

ولم تكد (هدير) تبلغ حجرتها الصغيرة، الملحقة بحجرة الرئيس، حتى أغلقت الباب خلفها في إحكام، ثم أسرعت إلى حجرة المدير، وفتحت بابها في لهفة، وهي تتطلَّع إلى المكتبة، ثم لم تلبث أن اندفعت نحوها، وراحت تفحص تلك الأرفف، التي كانت خالية في اليوم السابق، في اهتمام بالغ وسرعة كبيرة..

كان شكل المكتبة الخارجي يبدو عاديًا، لايدعو للشك، أو يثير الانتباه، ولكنها لاحظت أن الكتب الموضوعة في هذا الرف، تبدو وكأنها تحتل مساحة أكبر من باقي الكتب، فمدت يدها في اهتمام، تلتقط واحدًا من هذه الكتب، عندما سمعت صوت الرئيس من خلفها، وهو يقول في حدة وصرامة:

- ماذا تفعلين؟

انتفض جسدها كله في عنف، وقفز الكتاب من يدها، واستقر بين قدميها على الأرض، وهي تلتفت في ذعر إلى رئيس مجلس الإدارة، الذي يرمقها بنظرة عدائية شرسة غاضبة، وحاولت أن تتماسك، وهي تهتف:

- أستاذ (كاظم)!.. لقد أفزعتني.

كرر سؤاله في غضب وصرامة:

- ماذا تفعلين؟

ارتبكت أكثر وأكثر، وهي تقول:

ودخل إلى حجرة الرئيس، وخلفه ذلك الغليظ، الذي رمقها بنظرة لم ترق لها، قبل أن يغلق الباب خلفه، فقالت لنفسها في حيرة:
- تري من (كمال) هذا؟
قرَّرت أن تنفض الأمر كله عن رأسها، وأن تعود إلى عملها، ولكنها فوجئت بصوت الرئيس، عبر جهاز الاتصال، وهو يقول في حزم متوتر:
- لا تسمحي لأي مخلوق بالدخول يا آنسة (هدير)، مهما كانت الأسباب.
قالت في حيرة:
- كما تأمر يا سيد (كاظم).
ولكن فضولها ودهشتها تضاعفا، مع كل تلك الإجراءات المعقدة، وقفزا بغتة إلى ذروتهما، مع صوت الدقات المكتومة، التي تسللت إلى مسامعها، من حجرة الرئيس، والتي استمرَّت بضع دقائق، ثم توقفت..
ومضت عشر دقائق أخرى، بعد توقف الأصوات، ثم غادر (كمال) ورفيقه حجرة الرئيس، وقد اتسعت ابتسامة (كمال)، وامتلأت بقدر أكبر من الظفر والثقة، في حين لم يعد رفيقه يحمل سوى الحقيبة، التي بدا من طريقة حمله لها أنها صارت خاوية خفيفة، ورمقها الغليظ بنظرة أخرى لم ترق لها، وهو يغادر حجرتها مع (كمال)، الذي لوَّح لها بأصابعه في خفة وأناقة، وهو يقول:
- إلى اللقاء يا آنسة (هدير).
أجابت تحيته بهزة خفيفة من رأسها، ثم غلبها الفضول، فاتجهت إلى حجرة الرئيس، وطرقت بابها طرقة واحدة، ثم دفعته وولجت الحجرة دون أن تنتظر الجواب..
وفي حركة حادة عنيقة، التفت إليها الرئيس، هاتفًا:
- ما هذا؟.. كيف تجرئين على دخول مكتبي دون استئذان؟
أجابته وفضولها يغلب ارتباكها:
- معذرة.. لقد دققت الباب، وتصوَّرت أن..
صاح مقاطعًا في عصبية:
- لا تدخلي حتى أدعوك .
لم تغضب لصيحته هذه المرة، فقد انشغل عقلها مع عينيها، في التطلّع إلى أرفف المكتبة، وقد عادت إليها كل الكتب، ولكن دون نظام.
وعندئذ أدركت (هدير) أن هذه الأرفف تخفي سرًا.
سرًا رهيبًا.

☆☆☆

فهو غليظ الملامح، حاد النظرات، تحمل نظرته عدوانية عجيبة، في حين تحمل يده حقيبة كبيرة وشيئًا مفلطحًا كبيرًا مستطيلًا يخفيه داخل لفافة من أوراق الصحف..

ولثوان لم تنطق (هدير) بحرف واحد، وهي تنقل بصرها بين الشابين، حتى قال الوسيم بابتسامته اللطيفة:

- هل يمكنني مقابلته؟

أيقظها تكرار السؤال من شرودها، فقالت في سرعة:

- أهناك موعد سابق؟

هز الشاب رأسه، وهو يقول:

- لا.. لا يوجد موعد سابق.

قالت في آلية:

- في هذه الحالة لن يمكنني أن ..

قاطعها الشاب في صرامة مفاجئة:

- ولكنه سيستقبلني بالتأكيد.

تطلعت إليه في دهشة، وهي تقول:

- لماذا؟.. أأنت أحد أقاربه؟

ابتسم وهو يقول:

- أخبريه فقط أن (كمال) هنا.

أطاعته دون إصرار، وضغطت زر الاتصال، بينها وبين رئيس مجلس الإدارة، وقالت:

- معذرة يا سيد (كاظم)، ولكن هناك شاب يطلب مقابلتك.. اسمه (كمال)، و ..

قاطعها الرئيس في لهفة واضحة:

- دعيه يدخل على الفور.

أدهشتها تلك اللهفة الشديدة في صوته، والتي يختفي داخلها شيء من التوتر والقلق، ولكنها أجابت:

- كما تأمر يا سيدي.

ثم رفعت رأسها إلى الشاب، مستطردة:

- السيد (كاظم) ينتظرك في مكتبه.

ابتسم الشاب في ثقة، وهو يقول:

- ألم أقل لك؟

- معذرة يا (كاظم) بك، ولكن هذه الأرفف الخالية أثارت دهشتي؛ فلقد تركتها مرتبة أمس، و..
قاطعها في صرامة، لا تخلو من العصبية:
- أنا فعلت هذا .
قالت في دهشة:
- أنت؟
هتف في عصبية :
- نعم.. أنا فعلتها.. ما شأنك أنت بهذا .
تخضب وجهها بحمرة الخجل، وارتبكت في شدة، وهي تقول:
- معذرة يا سيدي.. لم أقصد هذا.. إنني..
لم تستطع إكمال عبارتها، من فرط ارتباكها، فتحرَّكت نحو المكتبة، مستطردة:
- سأعيد ترتيب الكتب .
قال في حدة أفزعتها:
- آنسة (هدير)..
استدارت إليه في شيء من الذعر، فأضاف في توتر شديد :
- اتركيها كما هي.
لم تفهم السر في هذا، ولكنها تراجعت إلى موقعها، وهي تقول:
- كما تأمر يا سيد (كاظم).. كما تأمر.
لاحظت أن هذا الأمر أصابه بعصبية شديدة، فقد بدأ يوقع الأوراق دون أن يقرأ محتواها، ثم لم يلبث أن قال:
- هيا انصرفي.
أسرعت تغادر الحجرة، متفادية ثورته، وهي تتساءل في دهشة عن سر كل هذا الغضب والتوتر، من أجل بعض الكتب، ولكنها لم تكد تجلس خلف مكتبها، حتى تحوَّل تساؤلها هذا إلى بركان من الشك والفضول..
لماذا أفرغ رئيس مجلس الإدارة الأرفف من الكتب؟..
لم تجد جوابًا لسؤالها، فهزَت كتفيها لتنفضه عن رأسها، وعادت تزاول عملها في توتر، وعقلها يعجز عن نسيان الأمر..
وفجأة سمعت ذلك الصوت الأجش، وهو يقول:
- أيمكنني مقابلة السيد (كاظم)؟
رفعت رأسها إلى صاحب الصوت، ووقع بصرها على شاب وسيم، أنيق الملبس، يتطلَّع إليها بابتسامة ودود، وإلى جواره أخر يناقضه في كل شيء،

هدير

"البريد يا آنسة (هدير)"..

تلقت (هدير) هذا النداء، عبر جهاز الاتصال الداخلي، المثبت فوق مكتبها، فأسرعت تضغط زره، وهي تجيب رئيس مجلس إدارة الشركة، قائلة:

- على الفور يا سيدي.

نهضت من خلف مكتبها الصغير، في حجرة السكرتارية، الملحقة بمكتب رئيس مجلس الإدارة، وعدَّلت ثوبها، ثم التقطت ملف البريد، وطرقت باب مكتب الرئيس، قبل أن تدلف إلى حجرته، وتبتسم قائلة:

- البريد يا سيَّدي.

رفع رئيس مجلس الإدارة عينيه إليها، وقال في رصانة، محاولًا إخفاء إعجابه بجمالها وقوامها المتناسق:

- هل وصل القرار الوزاري، الذي أبلغونا به؟

هزت رأسها نفيًا، وهي تضع ملف البريد أمامه، قائلة:

- ليس بعد يا سيّدي، ولكن لدينا عدة شكاوي اليوم .

قال في ضجر، وهو يطالع الأوراق، ويذيلها بتوقيعه وملاحظاته:

- الشكاوي لا تنتهي أبدًا.. كل شخص يتصوَّر نفسه المظلوم الأوَّل في الكون.

وافقته بعبارات تقليدية، وتركته يطالع البريد، وهي تدير عينيها في حجرته الواسعة، التي تعد أفضل الحجرات تأثيثًا، في الشركة كلها..

كانت الحجرة تتكوَّن من مكتبه الكبير، ومكتبة ضخمة، تحتل حائطًا بأكمله تقريبًا، وطاقم أنيق من مقاعد الجلوس، بالإضافة إلى تلفاز كبير، وثلاجة مكتب أنيقة، وبساط بني بالغ الجودة..

ولكن (هدير) لاحظت أمرًا أثار انتباهها كثيرًا؛ في المكتبية الضخمة؛ فقد كانت عدة أرفف في ركنها قد أخليت من الكتب، التي تراصت على الأرض إلى جوارها في غير انتظام، مما أثار دهشة (هدير)، وجعلها تشير إليها قائلة في استنكار:

- من فعل هذا؟

توقف رئيس مجلس الإدارة عن توقيع ومطالعة بريده، وهو يرفع رأسه إليها، قائلًا في شيء من التوتر:

- من فعل ماذا؟

أشارت إلى الأرفف الخالية، وهي تقول في ارتباك:

Table of Contents

شبح الزهرة الماسية

إعداد وتحرير: رأفت علام

مكتبة المشرق الإلكترونية

صدر في ديسمبر ٢٠٢٠ عن مكتبة المشرق الإلكترونية – مصر